Traits of Shiva

Compiled by-

Rubal Choudhary and Shatakshi Sharma

BookSquirrel Publications

BookSquirrel Publication

Mahadev Totala Nager, Indore (M.P),452001
Regd Under MSME
Website:
www.booksquirrelpublication.com

"Traits Of Shiva"

By: Rubal Choudhary and Shatakshi Sharma

ISBN: 978-93-89923-46-9

English and Hindi Anthology

Book Formatting: Rubal Choudhary

Cover Design: Ronak Chavda

DISCLAMER

This Anthology is a fiction. The compiler has tried best to edit and curate the content of the co-authors and is made plagiarism free.

All the Write ups in this book are unique.

In case of any plagiarism detected, neither the compiler, nor the publishers are responsible. Co - authors will be solely responsible for their own content.

ACKNOWLEDGEMENT

The making of this Anthology would not have been possible without the co-authors. A gratitude towards all who have worked hard and have made effort for this book to be a success.

I am thankful to BookSquirrel Publications without whom this project would not be possible.

Above all, the hearthy thanks to our parents, family and friends for supporting us throughout this project. Lastly, we thank the almighty for giving us this opportunity and strength to complete it successfully.

ॐ त्र्यम्बकं यजामहे
सुगन्धिं पुष्टिवर्धनम् ।
उर्वारुकमिव बन्धनान्
मृत्योर्मुक्षीय मामृतात् ॥

COMPILERS

Rubal Choudhary

This is Rubal Choudhary from Gurgaon, Haryana. She is 20-year-old and currently pursuing English Hons. from Delhi University. She aspires to become an IAS officer. She is a co- author of many

Anthologies and compiled 6 anthologies in which one is a wprld record holder. She is the admin of the Writers_jugalbandi group.

Earlier, writing was not a cup of tea for her but later she realised that she can write too. She loves to research and write articles of different Genres. She is good in making sketches and paintings and reads novels. She

believes write until it suits as natural as to respire.

<u>लक्षण जो मनुष्य को भगवान शिव से प्राप्त होना चाहिए</u>

1. क्षमा मांगें-

जो लोग आपके साथ गलत करते हैं, वे उन्हें प्रत्यक्ष या अप्रत्यक्ष रूप से नुकसान पहुंचाएंगे क्योंकि जैसा कि हम हिंदी में कहते हैं- "भगवान् के प्रकोप से कोई नहीं बचता", शिव आपको वही सबक सिखाते हैं और अगर आप जरूरत पड़ने पर लोगों को सिर्फ माफ करते रहेंगे, तो आपको और मजबूत बनाएंगे।

तो इसे अपनी कमजोरी मत बनाओ, इसे अपनी ताकत बनाओ|

2. अखंडता-

हाँ, ईमानदार रहो!   क्योंकि ईमानदारी सबसे अच्छी नीति है।

भगवान शिव न केवल आपको मजबूत बनाते हैं बल्कि सत्य का मार्ग भी सिखाते हैं।

अपने आप में अखंडता रखने की कोशिश करें क्योंकि यही इस दुनिया में रहने के लिए सबसे अच्छा उदाहरण होगा।

3. निजीकरण-

बाहर से खुद को महिमामंडित न करें, अंदर की शुद्धि भी आवश्यक है।

दिल में जो है, उसे बाहर की आभा में भी दिखाओ।

भगवान शिव आपको खुद को न केवल व्यावहारिक रूप से बल्कि भावनात्मक रूप से भी प्रतिष्ठित करने के लिए कहते हैं|

दिल कि धड़कन हे तू
दिमाग के सोचने कि शक्ति हे तू

भोले मेरे इस दुनियां में जीने का कारण है तू||

By what all names you aren't called

Mahadev, Kedarnath, Nilkanth, Mahamandaleshwar, Badrinath, Triloknath and what not

But

For me you will always be my savior in every possible situation.

Not even a single problem is there which you haven't solved for me, from asking to pass me in my exams to handling my mood swings when I am low, it's just because of you I have become so powerful.

Shatakshi Sharma

She is from Gorakhpur, uttar Pradesh , A girl who wrote entire Mahabharata in poetry . She worked in many anthologies as a co author and compiled three books . A world record holder .

अपवाद हूँ मगर फिर भी एक तुम्हारी शरण में आयी हूँ
अक्षुण्य प्रेम लिए भक्ति के नीर में ब्याही हूँ

किंकर्तव्यविमूढ़ मुझे बना दो प्रभु मेरे के अब
और क्रंदन से मन निर्जीव हो उठता है

होकर मितभाषी फंसे भंवर की गाथा तुम्हें सुनाई हूँ
अपवाद हूँ मगर फिर भी एक तुम्हारी शरण में आयी हूँ।

तारतम्यता न अब और बनी रहे ले चलो न
संग अपने यहाँ कुछ भी नैसर्गिक नहीं

दुःख अश्रु दुर्लभ सोच इस जगत में इतना ही पायी हूँ
गाते हैं सब अलग ही सुर ताल में मगन हैं

मैं तुममें रमी खुदको इस चिंगारी से बचाई हूँ
अक्षुण्य प्रेम लिए भक्ति के नीर में ब्याही हूँ।"आराधना"

CO-AUTHORS

Ishani Agarwal

<u>SHIVA</u>

The Father of all Gods..
Lord Shiva is not just a diety, but someone, who inspires me to be a better person..
Bizzare ain't it ?
A God, and an inspiration ?
Well.. yes..
Lord Shiva is the only one, who has actually faced the hardships of life..
Oh and the best part ?
He has cursed someone for annoying him..
Lord Shiva has spent day in and day out at Terrains..
Terrible rough places, in all extreme conditions..
And yet, he has always been so caring and gentle towards his family..
He is the one, who has saver the Earth from most of the Mishaps.
Be it a terrorizing demon, or his aggressive wife, Lord Shiva never failed to protect his loved ones..
Also, his love for his children is such, that apart everything, we actually remember his son 'Lord Ganesha' before Lord Shiva, as told and set by him.
Such is the kind of inspiration and ideal he is !

We are all eager to Celebrate Shivratri, but are you aware of why we actually celebrate this festival ?

Well.. Shivratri marks the marriage of Lord Shiva and Goddess Parvati.
Some stories also say, that Shivratri is the day, Lord Shiva performed the heavenly dance 'Tandav'.
To start with,
Lord Shiva was married to Goddess Sati earlier. On not being invited by her father to her father's house during a big Yagna, Goddess Sati went out of Love. She was cursed and insulted in front of all. Not being able to bear it, she jumped in the fire there. Lord Shiva got to know about it, and came running with anger. He picked up his burning wife, and took a turn of the entire Earth with her.
Parts of Goddess Sati dropped in different places. That is how we have '108 Shakti Peeth' all over the Earth.

Goddess Parvati is the reincarnation of Goddess Sati.
Parvati Maa was fond of Lord Shiva since the beginning. But Lord Shiva did not pay heed to her. On doing a lot of Tapasya, Lord Shiva finally agreed to het married to her.
When he came to jer house to marry her, He hot to his real face.
With a lot of 'Bibuthi' smeared all over his face and body, a snake over his neck, and Bhoot Pret as his companions, Goddess Parvati's Mother did not agree to get her married to him. After a lot of convincing over a day, they finally got Married.
Shivratri is the day they got married.

<u>Mohit Birla</u>

The logic is simple: if you do the right things, the right things will happen to you even without your intent.

The seeds of divinity live in everyone. Chanting of Om Namah Shivaya mantra is the art of sprouting that divinity.

The essential nature of sanvit is the subtle stir of spanda. The introverted and extroverted movements of spanda cause samvit to manifest itself in both the noumenal and phenomenal aspects of creation. These two aspects of samvit are known in Shaivism as Shiva (transcendent) and Shakti (universal). Shiva and Shakti are the two names given to the monistic Absolute (Paramasiva) when it is being considered in its dual aspects of eternal and transcendent changelessness (Shiva), and the ever-changing and immanent manifestation of universal appearances (Shakti)

<u>Smita Tripathi</u>

शिव परब्रह्म का रूप सरल ।

जग हित पीते प्रभु सदा गरल ॥

गंगा जिन्हें रखती सदा तरल ।

शिव चिंतन से हो मन निर्मल ॥

शिव से बढ़ता विश्वास अटल ।

शक्ति से श्रद्धा हो अविरल ॥

शिव तुममें लय संसार सकल ।

 नित वास करो प्रभु हृदय कमल ॥

जीवन मेरा हो शुद्ध सरल

शिव गौरा सी मैं रहूं अमल ॥

<u>Meera Chauhan</u>

"मुझे जरूरत ही नहीं पड़ी"

"महादेव"

मुझे जरूरत ही नहीं पड़ती किसी मंदिर जाने की,

मन में ही महादेव को पा लेती हूं..!!

चाहत ही नहीं कि कभी अमरनाथ केदारनाथ जाने की,

आंखें बंद करके ही मैं गंगा नहा लेती हूं..!!

मैं निहारती ही नहीं किसी मूर्ति में तुम्हें,

मैं अक्सर तुम्हें अपने पति में पा लेती हूं..!!

यह तन मन धन तो मोह माया है,

मैं तो तुम्हारे नाम का श्रृंगार खुद पर लगा लेती हूं..!!

मैं जब भी असमंजस में पड़ जाती हूं,

तो सिर्फ तुम्हारा नाम लेने से ही मुसीबत से निकल जाती हूं..!!

"दर्द हजारों हैं"
"महादेव"

दर्द हजारों है,

पर इलाज सिर्फ तुम हो "महादेव"..!!

जिससे तन्हाई में घंटों बातें करती हूं,

वो सिर्फ तुम हो "महादेव"..!!

मेरी अक्ल की शुरुआत भी तुम्हारे नाम से हुई,

और मेरा अंत भी तुम हो "महादेव"..!!

मेरी रग रग में बह रही जो रक्त धारा है,

वह सक्रिय क्रिया वान तुम हो "महादेव"..!!

धक-धक करके जो धड़क रहा है सीने में,

उस दिल का आगाज तुम हो "महादेव"..!!

मैं सांसे भर्ती हूं जो हर पल, हर लम्हा,

मेरे तुम वह प्राण हो "महादेव"..!!

अब तुम्हें कैसे समझाऊं कि तुम बिन कुछ नहीं मैं,

मेरा तो सब कुछ तुम हो "महादेव"..!!

"मेरे बन जाओ ना"
"महादेव"

मैं लव हूं,

तुम मेरी बात बन जाओ ना "महादेव"..!!

डर डर कर कदम रखती हूं जहां वहां मेरा,

हौसला बन जाओ ना "महादेव"..!!

लोग अक्सर अपनी खूबियां बताते फिरते हैं,

तुम मेरी सबको कमियां बता दो ना "महादेव"..!!

लोगों के किऽसे होते हैं कहानियां होती है,

तुम मेरे अल्फाजों की किताब बन जाओ ना "महादेव"..!!

कोई राज बताता है तो कोई छुपाता है,

ऐसे में तुम मेरे राजदार बन जाओ ना "महादेव"..!!

मैं यहां किसी पर भरोसा नहीं कर पा रही हूं,

तुम मेरा विश्वास बन जाओ ना "महादेव"..!!

मैं थक गई हूं मोहब्बत का इंतिहान देते देते,

मुझे अपनी गोद में सुला लो ना "महादेव"..!!

<u>Roopshikha</u>

<u>मेरे शिव</u>

वो हर रूप में व्याप्त हैं
वो हर किसी में आशक्त हैं
मेरे शिव शंकर के डमरू में
एक अलग ही आवाज़ है
कहते हैं महाकाल जिसे
जो काटता अपने भक्तों का काल है
वो शिव शंभू भोले बाबा
जीवन का मेरे आधार हैं
भांग धतूरा बैर अबीर से
करता जो श्रृंगार है
वो अर्धनारीश्वर ही
जगत का पालनहार है।।

<u>है उनका धाम जो अनन्त है</u>

है उनकी भक्ति की गाथा ऐसी

जो हर घाव का मरहम है

कालों के काल वो

जिन्हें महाकाल कहते हैं

महादेव है उनका नाम

जिन्हें सत-सत हम प्रणाम करते हैं

ऐसे हैं महादेव जिन्होंने रखा हर रिश्ते का मान

अपने प्रेम का मान बढ़ाया रखा अर्धांगिनी समान

बसते हैं वो कण-कण में

क्षण-क्षण जिनकी है राह दिखे

देवों के देव महादेव को

भक्तों का अपने हर हाल दिखे

हो कैसा भी भक्त जटिल उनका

मेरे भोले शंकर के चरणों में

सब एक समान दिखे।।

Anjali Sharma

शिव की महिमा

है शिव की महिमा अजब निराली

कर में त्रिशूल दिगम्बरधारी

माँ पार्वती के स्वामी

कैलाश पर विराजे सँग गजानन कार्तिकेय

रिद्धि-सिद्धि प्यारी भांग धतूरा सोहे

नाग गले मे लटकाए घूमे

गंगा जटाओं में अतुलित मन मोहे

त्रिनेत्र सबसे भयकारी

हैं भक्तों के ये भयहारी

त्रिपुरारी हैं शंकर भोले

कहते हैं इनको भोले भंडारी

काशी धाम है इनको भाता

रामेश्वरम की तो अद्धभुत माया

पशुपतिनाथ में वास है इनका

लेते हैं भक्तों की परीक्षा

भक्ति में है शक्ति इनकी

काल हैं महाकाल हैं शंकर दया

ममता निधान भी हैं शंकर

<u>Deep</u>

जटाओं में अपनी चन्द्र लिए

वासुकि को गले मे लटकाया है

बम बम भोले,घर घर बोले

वो भोले नाथ कहलाया है

उत्पत्ति का नही जिसके

कहीं वर्णन

वो अनादि कहलाया है

बम बम भोले,घर घर बोले

वो भोलेनाथ कहलाया है

धरती का विनाश हो जाता

गंगा के वेग से

इसलिए गंगा को अपनी

जटाओं में बंधवाया है

बम बम भोले,घर घर बोले

वो भोलेनाथ कहलाया है

समुद्र मंथन में था 'हलाहल' निकल

उस विष को अपना मदिरापान बनाया है

बम बम भोले,घर घर बोले

वो नीलकंठ कहलाया है

वो भोलेनाथ कहलाया है॥

Anamika Mishra

शिव-प्रेम

तुम मेरे शिव,

मैं तेरी शक्ति कहलाऊँ

तू मेरा अर्धांग,

मैं तेरी अर्धांगिनी कहलाऊँ।

मैं तेरी नारी,

तू मेरा अर्धनारीश्वर कहलाये।

मैं तेरे जटा की गंगा,

तू मेरा अस्त्र बन जाना।

पीकर विष मेरे जीवन का,

तुम मेरे नीलकंठ कहलाना।

बाम अंग में मुझे बसा कर,

तुम मुझे बामांगी बनाना।

करके मेरे कालों को दूर,

तुम मेरे महाकाल बन जाना।

प्रेम में हमारे,

तुम शिव,

मैं शक्ति कहलाना।

शिव

सबके मन में बसे,
वो शिव है।
कण-कण में समाये,
वो शिव है।
कालों का नाश करे,
वो शिव है।
सर्प का धारण करे,
वो शिव है।
जिसके सर पे गंगा विराजे,
वो शिव है।
जिससे है सृष्टि,
वो शिव है।
भूतों के नाथ,
शिव है।
सत,रज,तव जिसमें समाहित,
वो शिव है।
दुष्टों का संहार करे जो,
वो शिव है।
हम सबके जीवन का सत्य,
शिव है।
जिससे है सृष्टि,
जिससे है जीवन,
वो है मेरे भोलेशंकर।

ज्योतिर्लिंग दर्शन

सोमनाथ का दर्शन कर के,

मल्लिकार्जुन तुम जरूर जाना,

करके ज्योतिर्लिंग का दर्शन तुम शिव को पाना।

जब जाओ तुम महाकाल के दर्शन को,

ओम्कारेश्वर जरूर हो आना,

करके ज्योतिर्लिंग का दर्शन तुम कालों को दूर भगाना।

केदारनाथ का दर्शन कर,

तुम भीमाशंकर ज्योतिर्लिंग जरूर हो आना,

करके ज्योतिर्लिंग का दर्शन तुम हर कष्ट को दूर भगाना।

काशी विश्व्नाथ जो तुम जाओगे,

त्रयम्बकेश्वर का दर्शन तुम जरूर कर आना,

करके ज्योतिर्लिंग का दर्शन तुम शिव को पाना।

वैद्यनाथ का दर्शन करके,

नागेश्वर तुम जरूर जाना,

करके ज्योतिर्लिंग का दर्शन तुम शिव की अनुभूति पाना।

रामेश्वर जो तुम जाओगे,

घृनेश्वर का दर्शन जरूर कर आना,

करके बारह ज्योतिर्लिंगों का दर्शन तुम सच्चे शिव भक्त कहलाना।

ज्योतिर्लिंग का दर्शन परम् सौभाग्य दिलाता है,

हर ज्योतिर्लिंग हमें शिव के हर रूप को बताता है।

<u>Nikita Deore</u>

सतसृष्टि तांडव रचयिता नटराज

मेरी पूरी जिंदगी आपको अर्पण है

आप शिव है शक्ति आपकी

अर्ध भारिया आपका दर्पण है

हर मोहमाया परेशानी से दूर

एक ही मेरा धाम है

हां महादेव वही जो

आपका शमशान है

सारे जहां की खत्म जहा से बात होती है

वहीं से महादेव तेरी शुरुआत होती है।

तू ही मेरा वजूद है तू ही मेरा साथ है नटराज

करने दे मुझे जी भर के तेरा दीदार आज

क्योंकि यही मेरी सारी इच्छाएं समाप्त होती है नटराज ||

छोड़ दी है सारी मोह माया

अब तो बस नशा है महादेव तेरे नाम का

तू काल है तू महाकाल है मृत्यु के बाद तो सारे कंकाल है

पर चीता का भस्म धारण करने वाला ही तो त्रिकाल है

जिस के इशारों पर दुनिया नाचे है उसके चेले हैं हम

हमारे साथ महादेव है तो कौन से अकेले हैं हम

कुछ सूझता ही नहीं है महादेव आपके सिवा

और लोग हमें पूछते हैं कि तुम्हें क्या हुआ?

जो खोया है उससे भी बेहतरीन पाएगा

मैं आज गिर गई हूं पर मुझे रोना ना आएगा

सबर रखा है महादेव की भक्त हूं मैं एक मेरा भी दिन आएगा

हारने मत देना महादेव कठिन इंतिहान है

मैं आपकी शिवकन्या हूँ और

सिर्फ आप ही मेरी पेहचान है।

इस दुनिया से वास्ता तोड़ चुके हैं हम

अपनों का साथ छोड़ चुके हैं हम

सबके रंग देख लिए है और

सब रंग छोड़ चुके है हम

राख अंग पर लगाए

भस्म की चादर ओढ लिए हैं हम

पैसा और अपने समेट के रखे थे

हमने की बुरे वक्त में काम आए

महादेव जबसे तेरे नाम हो गए

बुरा वक्त ही नही देखे है हम।

तू प्रेम से जीता है

तू भोलेपन से जीता है

तो मृत्यु से जीता है

तो भस्म लगाकर जिता है

बिछा दूं मैं अपनी पलके भी तेरी राह में

बताएं महादेव क्या क्या करूं मैं तेरी चाह में

नहीं हूं मैं इतनी काबिल कि तेरे शुक्रिया अदा कर सकूं

ना ये रूह मेरी है ना ये जिस्म मेरा है

सब कुछ तुझे अर्पण है महाकाल

बसे तेरे एक दीदार के आह मैं।

Bhavana Sinha

तू आदि है तू अंत है, तेरी लीलाएं अनन्त है

खुशी में भी तू दुख में भी तू, तू ही परमानंद है।।

तू जगत पिता परमेश्वर तू तुझसे ही जीवन का सार है।
तेरे बिन एक पग ना चलूं तू ही तो जीवन का आधार है।।

हर रूप में भाता है तू हमको तू ही तो मेरा परमेश्वर है।
फिर भी मेरे मन को जो भाए वो तेरा रूप अर्धनारीश्वर है।।

मान भी तुझसे सम्मान भी तुझसे गौरी का हर श्रृंगार भी तुझसे।
प्यार भी तुझसे अरमान भी तुझसे गौरी का संसार भी तुझसे।।

जिस जीवन में शिव ना हो उस जीवन का क्या किया जाए।
शिव भक्ति में होके मगन सारे बोलो ॐ नम: शिवाय।।

मेरे तन में शिवा मेरे मन में शिवा

मेरे जिस्म के कण कण में शिवा

हकीकत भी तू मेरी ख्वाहिश भी तू

मेरा ये जीवन तुझी पे अर्पण शिवा

मेरी जान भी तू मेरी शान भी तू

मेरे दिल का तू अरमान शिवा

अभिमान भी तू स्वाभिमान भी तू

तुझमें ही बसते मेरे प्राण शिवा

मै तुच्छ भक्त रहूं तेरे चरणों में

तू ही मेरा भगवान शिवा

तीनो लोकों का तू स्वामी

जय जय जय जय जय शिवा ||

में सर्प का हार

जटे में गंगा की धार

साथ में माँ पारवती का प्यार

जीनकी भक्तों पर हो महिमा अपरम्पार

तीनों लोक में हो उनकी ही जय जयकार

देवों के देव माहादेव को

मेरा सत्-सत् नमस्कार

और मुबारक हो आप सबको

महाशिवरात्रि का त्योहार।।

<u>Shalini Singh Chauhan</u>

<u>मेरे महादेव मेरे सहकारी है</u>

शिव से शक्ति ,शक्ति से नारी है
 मेरी दुनिया मेरे महादेव
   मेरे सहकारी है।।
जब मेरी कोई नही सुनता
जब किसी पर मेरे लिए वक़्त नही रहता ,
जब मैं सबके लिए खुद का वजूद भूल जाती हूँ
तब बाबा ने, मैं हर बार संभाली हूँ ।
शिव से शक्ति ,शक्ति से नारी है ,
मेरी दुनिया मेरे महादेव ,
कभी बाबा ने मेरे दुख मिटाये है
कभी बन कर रहे वो मेरे साये है
कभी मैने उन्हें पुकारा है
कभी बिन बुलाए आये है
बाबा भी मेरे कितने अन्तर्यामी है।
शिव से शक्ति ,शक्ति से नारी है ,
मेरी दुनिया मेरे महादेव ,मेरे सहकारी है।।
मेरे रोने पर उन्होंने ही मुझे समझाया है
कहती नही कभी उनसे मैं कुछ भी
फिर भी उन्होंने मुझे सुना है

कभी कोई विपदा मुझ पर आने ना दी,
आने से पहले ही हर विपदा टाली है।
शिव से शक्ति ,शक्ति से नारी है ,
मेरी दुनिया मेरे महादेव ,मेरे सहकारी है।।
लोगों ने गिराया मुझे फ़र्क़ नही है
मेरे बाबा ने मुझे संभाला है
सबकी नजरों से बचाकर कर ,मुझे उठाया है मुझ पर बाबा के
बहुत अहसान ,ना जाने कितने कर्ज है
मैं भी बाबा की शरण न छोड़ू ,अब ये मेरा फर्ज है
मेरे महाकाल ही तो मेरे हमदर्द हैं।
मुझे नही जरूरत इस जहां की ,ये जहां वाले तो जेहन का दर्द है
मैं करूँ उम्र भर उनकी सेवा
अब ये मेरा दायित्व है ।
शिव से शक्ति,शक्ति से नारी है
मेरी दुनिया है बाबा,
वो ही मेरे सहकारी है।।

<u>लगाव,रिश्ता वास्ता ,प्रेम सब महादेव है</u>

मेरा इश्क़ बेवफा नही हो सकता है

सब बदल सकते है,मेरा महादेव नही बदल सकता है ।

लोगों ने अपने प्रेम में सब गवाया है मैने अपनी मोहब्बत मे सब

पाया है ।

लोगो ने प्रेम के लिए सबको छोड़ा,

मेरे महादेव के प्रेम ने सबके साथ रहना सिखाया है।

सबने सोचा अपनी मोहब्बत में जान देने की ,

मेरे प्रेम ने मुझे जीना सिखाया है।

कोई सम्बंध बने कोई नया ,तब अक्सर लोंगो पुराना टूट जाता है

बहुत मिल चुके मुझे इश्क़वाज़ इस दुनिया में ,

कोई महादेव से कहाँ रिश्ता टुटवा पाया है ।

और सुनो इस नफरतो की दुनिया को भी

महादेव ने बस प्रेम सिखाया है।

माँ का प्यार ,पापा का प्यार या शायद दुनिया से ही प्यार पाया है

पर महादेब सा प्यार ना किसी ने किया न कोई कर पाया है।

ज़िन्दगी ने एक सबक अच्छे से सिखाया है

लगाव ,रिश्ता, प्रेम ,वास्ता सब महादेव से रखना ।

इस छल कपट की दुनिया को , सच्चा प्यार कहाँ रास आया है

(सुनो महादेव मेरा इश्क़ बचपन से हो तुम ,उम्र भर ही रहोगे ।

भोले मेरी ज़िन्दगी हो तुम

और ताउम्र मेरी ज़िंदगी ही रहोगे तुम)

<u>Janvi</u>

<u>वो है मेरे भोले भंडारी</u>

जिसपे मैं सदके, जिसपे मैं जाऊँ वारी।

जो करता है सारे जगत की रखवाली,

जिसकी नंदी है बनी सवारी,

जिसकी लीला है सबसे न्यारी,

जिसे पूजे दुनिया सारी,

जिसके तीन नेत्र है, सब कहे उसे त्रिपुरारी।

वो है मेरे भोले भंडारी।

वो करे सारे जग का कल्याण,

मेरा भोला बैठे शमशान।

उसके पास है हर समस्या का उपाय,

वो दुनिया को सही राह ले जाए।

उसकी अदालत में हो सबका न्याय,

वो मुश्किल में भी रास्ता दिखाए।

वो तांडव करे और डमरू बजाए।

वो है मेरे शंभु शिवाए।

हे मेरे भोलेनाथ सुनलो मेरी एक पुकार

हे मेरे भोलेनाथ सुनलो मेरी एक पुकार।

डुब ना जाए कश्ती मेरी करदो इसे भवसागर से पार,

हे मेरे भोलेनाथ सुनलो मेरी एक पुकार।

संकट की इन घड़ीयों में एक तेरा नाम ही लूँ हर बार,

हे मेरे भोलेनाथ सुनलो मेरी एक पुकार।

तेरे बिन यहाँ मेरे भोले भक्त तेरे पड़े लाचार,

हे मेरे भोलेनाथ सुनलो मेरी एक पुकार।

मन में एक आस लेकर आए हैं हम तेरे द्वार,

हे मेरे भोलेनाथ सुनलो मेरी एक पुकार।

तूझपे ही विश्वास है मुझको झूठा लगे यह संसार,

हे मेरे भोलेनाथ सुनलो मेरी एक पुकार।

तेरे दर पे बैठी करूँ मैं तेरा इंतजार,

हे मेरे भोलेनाथ सुनलो मेरी एक पुकार।

सारी सृष्टि का है रखवाला महिमा तेरी है अपरम्पार,

हे मेरे भोलेनाथ सुनलो मेरी एक पुकार।

पापी अगर लांघे सीमा उसका करता तू संहार,

हे मेरे भोलेनाथ सुनलो मेरी एक पुकार।

लगाले अगर चरणों से मुझको हो जाए मेरा जीवन साकार,

हे मेरे भोलेनाथ सुनलो मेरी एक पुकार।

मन को कुछ भाए ना तेरी भक्ति का चढ़ा खुमार,

हे मेरे भोलेनाथ सुनलो मेरी एक पुकार।

<u>Divya Syamala</u>

LETTER TO LORD SHIVA

O Shiva! I am not one of your devotees, but I respect you. Everyone says you are the destroyer, but I believe you are doing your duty. You are the superior god to all the gods. Nobody knows your beginning and conclusion of your birth. Of all the lords, you are the omnipresent. You are the first yogi, who lives an ascetic life on mount Kailash known as Adiyogi. Every time you're involved in the meditation with sparkling. You are all compassion. In this aspect, it is easier to satisfy you than the other gods. It takes a long time to please the other cosmic gods, but when others want to please you, they can do so much more easily. Your remains trance-bound. Your third eye is referred as a mind's eye in mythology. Your third-eye represents the establishment of dharma. It gives positive in our life. So you are also called as trilochan.

You are the cosmic dancer. You are the first person who introduces conventional dance to the world. Now, the conventional dance has a special place in the dances that credit goes to you. From this, you are known as Natraj. The dance known as tandavam dance, which destroys bad or corrupt in the world. You mostly do this when your patience expires. You dance your thunder-dance of destruction. This dance is actually the dance of purification and transformation. You are also known as creation of dance for lasya. The brightness in your face will always be attractiveness to us. You are satisfied and pleased with everything that we keep. There is a special leaf name as chaste leaf in India. If we use that particular leaf to worship you, then you are satisfied. From we can say that you are satisfied with the little things. However, the main thing is we should pray him with peaceful and faithful mind without cheating or selfishness.

He is so simple. Every part of your body represents and gives a message to us through your appearance. The avatars that you have given a message to us through the avatar. You are the example for the impossible to possible. Your whole body covers wish ash tilak reminds the devotee of the reality and foolishness of the physical beauty. You always carry trisul which symbolizes the heart, the power of thought and the ego. The controlling of these three shows the three lines of trisul. The trisul destroys these three in our life and makes a positive life. You always wear rudraksha which represents for fearless life to spiritual enlightenment and by wearing rudraksha means free from all the bondages of our life and align in your saluting. Your meditation posture reminds us to control emotions and have peace to heart and can think properly for our problems. Through meditation, we can learn how to control our emotions. Mostly, temples make sound through sankuvu during your arati. The sound from shankuvu which gives a pleasant music and by listening to it; we forget ourselves.

The word OM appears when we listen carefully through the sound. From the music of the shankuvu, the word OM emerges. From this, OM became a main word in meditation and in all aspects. When you move the damarukam, the sound alerts the mind of ours without going to negative thoughts. From damarukam letters are born. From the damarukam, saamaveda was born. From this, saamaveda Indian music was born. Sapta swaralu that we are using now in music are initially come from damarukam.

The concept ardhanarisvara form symbolizes that in a marital relationship, the wife and the husband have equal status. It says half husband and half wife in a same soul. So Shiva-parvati are often held as examples for a perfect marriage. Sometimes your silence has a lot of meaning. In every part of the universe you will be there in some form. The whole world saluting your name. The word shiva is a vibrant in every creature. You always smile and remain calm even though problem rises, which show us to remain calm in difficult times. You are the best of all the gods and an example to the whole world through your appearance. You are known as innocent god and often give boons to people even though they are evil in heart.

You are the creator, preserve as well as the destroyer of all the creature. Everything that you do have some meaning. You know how to manipulate the things to your side, and you have a way for everything. The crescent moon on your head represents the time cycle.

You are the ardent fan of Charas,an intoxicate. Shivaratri is celebrated on the occasion of marriage of shiva and parvati. Some people who are atheists believe that you are just a stone and harsh you for everything. But today modern science proving that everything comes from nothing and goes back to nothing. The word Siva refers to not or nothingness. So you are first person to reach this state. Everything that you do today have a proof that everything goes according to reason and goes through time. By knowing about you, I became a devotee to you, and I am willing to write about you, which makes me happy. That is the speciality of you. You turn the non- devotee to your side as a devotee by knowing about you. You have such a presence of mind and endurance. By knowing about you, I learn to endure the problems and always keep a smile even though difficulties arise. Not everyone gets the opportunity to thank you for giving the chance to write a letter to you.

This makes meaningful to my life.

Yours,

A Faithful devotee.

<u>Priyamwada Mishra</u>

<u>महादेव</u>

वो कण-कण में,
वो हर मन में।
वो नाद-नाद,
वो है अराध्य।
वो है मृदंग,
वो है मलंग।
वो आस-श्वास,
वो है विश्वास।
वो गंगाधारा,
वो रूद्र की माला।
वो तांडव रात,
वो श्मशान राख।
वो योग तटस्थ,
वो है गृहस्थ।
वो नीलकंठ,
वो है अनंत।
वो अर्धनारीश्वर,
वो पिता परमेश्वर ।

शिव शाश्वत, जगत नश्वर

जगत के अंत तक ,सृष्टि के सृजन से हूं,
शून्य के आरंभ से, आदि का अनंत हूं।

सौन्दर्य में सौम्य भी,रौद्र भी,कपाल हूं,
शिव हूं , श्रृंगार हूं ,सत्य हूं, मैं काल हूं।

विहग हूं,क्षितिज मैं, ओस की बूंद हूं,
पुष्प पारिजात का, जड़ हूं ,मैं दूब हूं।

साम दाम दंड भेद , दया मैं विधान हूं,
क्या है,कौन है,समस्त सृष्टि का ज्ञान हूं।

सुर्य की तपिश मैं, श्वेत शिखर चन्द्र हूं,
त्याग हूं, मैं संत हूं, नील प्रखर रूद्र हूं।

योग क्या, गृहस्थ क्या, सृष्टि का नाथ हूं,
नीलकंठ हूं ,नमः महादेव भोलेनाथ हूं।

गौरीशंकर प्रेम

प्रेम के धागों से वैराग्य-गांठ खोलना,
शाश्वत है शिव का उमापति हो जाना।

सौम्यता के प्रीत में निलेश्वर का प्रेम ,
प्रकृति के कोपलों का पल्लवित होना।

निश्छल प्रेम में हिमखंड का पिघलना,
सार्थक है गौरा का शिवप्रिया कहलाना।

माँ भवानी का महादेव पर प्रेम श्रृंगार,
भोलेनाथ के रंग में मां पार्वती का होना।

सौम्य अपर्णा पर तांडव का रुक जाना,
अद्भुत है शंकर का अर्धनारीश्वर कहलाना।

<u>Muskan Shah</u>

शिव ही शक्ति,

शिव ही भक्ति,

शिव मेरा संसार है,

शिव ही पूजा,

शिव ही मंदिर,

शिव मेरा अपरंपार है,

शिव के आगे सब है फीका,

शिव मेरा अभिमान है,

शिव की गौरा,

गौरा का शिव,

मेरे लिए असल प्रेम का विचार है,

शिव के चरणों में जो सोया,

मानो उसका उद्धार है,

शिव की गरिमा,

शिव की कृपा,

मानो जीवन सुख्मई पार है।।

मेरे शिव की महिमा अपरंपार है
उनके शरण में हर किसी का उद्धार है
जो मांगो भोले देते है अपने भक्तों को
पर उन्हें मनाना थोड़ा बस के पार है
जितने सरल वो, उतना उन्हें मनाना कठिन है
रावण से पूछे उनके दर्शन पाना कितना मुमकिन है
बरस लग जाते है मेरे शिव को मानने में
पर आस रखो तुम ये तुम्हारी सहिलताशिन है
काफी है वैसे भक्त भोलेनाथ के
पर रावण जैसा ना कोई मिल पाया है
मेरे भोले के रूप में तो
हनुमान ने भी लंका को जलाया है
पार्वती ने पाया उनको
उनका ये सौभाग्य था
मिली उनको पार्वती जैसी धर्मपत्नी
उनका भी अपना भाग्य था
उनकी जोड़ी कितनी पावन
ये जग में सबको गवारा है
मेरे भोले के भक्त जानते है
मेरा भोला कितना प्यारा है
भूतो की टोली उनके संग
ना करना कोई उनका ध्यान भंग
बड़े निराले सारे उनके भक्त बोले
 बम बम भोले बम बम भोले

जय भोलेनाथ

Ahshaas Hussain

शमशान हो और शुन्य हो, दशा दिशा की मौन हो
धरा की धुरी तुम्ही, हुंकार ध्वनि ही ओम हो
आनंद से महक उठे, अग्नि सा दहक उठे
शांति भंग हो तभी जब पिनाक धारिणे उठे
शव तो अनाथ हो जो शिव तेरा न साथ हो
अंतिम प्रणय के काल में शिव तेरा ही हाथ हो
भस्म का श्रृंगार कर और भस्म से ही मांग भर
प्रचंड रक्त ललाट हो जो मृत्यु का कपाट हो
चित्त भय मुक्त कर, जड़-जीव मंत्रमुग्ध कर
त्रैलोक शिव विलीन हो, प्रसन्न हो के नृत्य कर
प्रिय तुम शिवम सदा, पवित्र सुंदरम सदा
शुन्य सम्पदा तेरी, विलास शमशान सा
विनाश ही तो बीज है सृजन वृक्ष के लिए
सृजन के सारांश को विनाश से शुरू करें
विनाश ही तो सत्य है, विनाश ही सशक्त है
विनाश का आरम्भ तुम, त्रियम्बकं यजामहे

ओम नमः शिवाय

<u>Vishwajit RB</u>

Almighty god, who is fond of trifoliate signifying three qualities.
Having third eye of wisdom and power,
who wields the mighty trident to destroy evil and sinful.
The one who is wearing crescent moon above the forehead and the
serpent around the neck as a jewel with the most pleasant smile.
Mounted on the great bull which is white as snow, there appears
the supreme god of gods to shower his blessings upon us.

His simple yet charming attire which made him unique among
the Gods. Every thing he adorns has meaning in itself connected
with the nature. Kindest of all, whose heart melts looking at
devotees hardship. The one who feels himself as incomplete
without his betterhalf and gave us teaching of equal importance
of both gender. Who drank the whole poison which was
spreading in ocean capable of burning the world and saved
every living creatures of this world. He's the mightiest among
trinity and he is "Mahadev".

Akash Mani Patel

नीलकंठ

सृष्टि की उत्पत्ति हो गयी, परन्तु बाकी थे कई संघर्ष,

मिला प्रस्ताव समुद्र मंथन का, मथनी बना मेरु पर्वत,

रस्सी बने शेषनाग, विष्णु ने रोका भार ले कच्छप अवतार,

सब ख़ुशी से कर रहे थे अथक प्रयास,

तभी आया हलाहल विष,

 सब भयभीत हो, भागने लगे बचाने को प्राण,

ये विष था कौन करता इसका पान,

सृष्टि पर छाया अंधकार, चारों तरफ फैला हाहाकार,

होने लगी विनती, पुकार, पहुंची वेदना कैलाशपति के द्वार,

सुन करुण पुकार वहीं आ पहुँचे करुणानिधान,

देख विष चहुओर, महादेव हो गये भावविभोर,

सम्पूर्ण सृष्टि का करने को कल्याण, लिया विष कलश थाम,

बिना पल व्यतीत किए ,कर गए विष पान,

विष को थाम कंठ में, सृष्टि को दिया जीवन दान,

तब महादेव कहलाए नीलकंठ भगवान|

महादेव

भागीरथ ने जब मांगा, पापनाशिनी गंगा को धरा पर

उग्र भागीरथी को बांध जटा में, सौम्य करने वाले है महादेव

कर तांडव डमरू की धुन से शिवसूत्र दे, वेद ज्ञान का विस्तार करने वाले हे महादेव

चंद्र धारण कर शीश पर, श्राप रोग मे शीतलता देने वाले हैं महादेव

महाकाल बन काल का, संघार करने वाले हैं महादेव

प्रेम में बंधकर भी मोह, माया, काम को पराजित करने वाले है महादेव

श्रद्धा से अर्पित बेलपत्र पर, प्रसन्न होने वाले हैं महादेव

सृष्टि के आदि से अंत तक जो रहेंगे वह देव है महादेव।

पशुपतिनाथ

विजयी हुए धर्मराज, हुआ निर्णय महाभारत का,

थे दुखी व विचलित कर वध सगे सम्बधियों का,

कहा मुरलीधर ने शरण लो महादेव की,

शिव थे क्रोधित इस कृत्य से,

काशी छोड़ चले कहीं अदृश्य से,

पांडव पहुँचे ढूंढ़ते ईश को, केदारनाथ

शामिल हो गए बैल झुंड मे भेष बदल भोलेनाथ,

महादेव जाने लगे भूमि मे, पांडवों ने लिया पहचान,

भीम ने बलपूर्वक पकड़ने का किया प्रयास,

प्रभु समा गए भूमि में, टुकड़े हुए शरीर के पुनः अवतरण में,

पशुपति में मस्तक, कूबड़ केदारनाथ,

 पशुपतिनाथ का वरणन स्यवं करते है शिव पुराण,

द्वादश लिंग के प्रतीक है ये स्यवंभू पशुपतिनाथ |

Rahul Pasumarthy

<u>O kala bhairava !</u>

Who ever, whatever may be the person or whatever life they are living their final destination is you, I was Eight years old it was the first time, I came across a photo it was a picture of a blue thought yogi sitting alongside a Trident eyes closed as look like you are in deep meditation, while seeing your posture it generated positive vibes around me. In the process of searching "who are you"i came across many names, many forms, many facts and many magical things. Some say you are god of gods, but some says you are god of destruction. The most fierce form of you is kala bhairava...

After seeing the photo of kala bhairava ,your picture just get tattooed in my mind. The way you live alone in Himalayas and body covered with ashes which was come out from skin pours just like a sweat this is the symbol of " kill your lust from inside not from outside".smoking creams that get higher. Living alone and away from the world is loneliness that's what I feel, but you changed by living as ascetic in a silent seclusion, dancing sometimes to the music of evolution sometimes for the destruction and you substituted the world loneliness with illusion.

When I was surrounded by the darkness your name always echoed in my ears as ray of hope. My blindness and darkness melted and came out in the form of tears that's what I had with me to worship and gave to you. Chanting always made me to have a touch with you. When I move my fingers from one bead to another, it looks like you are purifying sins from one to another. Whenever I want to express my love on you, words are the only thing I have with me.

Chanting your name is like drinking nectar then who will stop chanting it, I bathed and washed all my sins from the water following from your dreads,

 when ever demons in my mind throw me away from the path you always open your arms catch me and gave me strength to walk again on the same roads.

 You cured all my scars with the ashes of love and given me a strength to live not to lose, then I stopped worrying and started living because I know you are seeing me from there. My heart is the place where you reside I can meet you just by closing my eyes.

 Bless me with strength to worship you and continue in my path and make my ultimate path is to reach you.

 Hara hara mahdev !!!!!! hara hara mahādeva shambho, kashī vishwanātha gaṅge

<u>Ronak Chavda</u>

हर वक़्त तुम्हारे आगे में सर जुकाये रखता हूँ,
आपकी कृपा रहे इसलिए माला जपता रहता हूँ।।

आपके तो नाम मे ही महा छुपा रहता हैं,
इसीलिए तो देवो के देव महादेव कहलाते हैं।।

सबके सामने सर उठाने वाला सिर्फ़ तुम्हारे सामने झुकाता हैं,
आपकी दुआ को दिल में रखके सबको प्यार कि भाषा सिखाता हैं।।

दिल में बहुत सारी उम्मीदें रखकर सबकी खैरियत मांगता हूँ,
अपने परिवार कि सुख शांति के लिए खुद कि जान गिरवी रखता हूँ।।

हर जगह ठोकर खा कर खुद को संभालता फिरता हूँ,
बस आपके नाम के साथ खुशियों कि आस लिए फिरता हूँ।।

सबके सामने खुशी का मुखौटा पहनें रहता हूँ,
महादेव नाम पर अपनी ज़िंदगी निसार करता हूँ।।

जब जब जुल्म कि आँधी आ जाती हैं,
महादेव जी उससे टकराने बीच मे आ जाते हैं।।

शिव सती दोनों के कहीं सारे रूप हैं,
सबसे बढ़कर एक अखंड प्यार का स्वरूप हैं।।

Anjana Agarwal

Shiva ....

The third deity of OM. Shiva is one of the most powerful god, and we can learn many things from him.

Like his looks is very dangerous but Parvati ji married him . It teaches us we should never go on the looks . When samudra manthan was held, many beautiful and items came out of samudra and all god and devils distributed it with each other but when the poison came out every one was scared . No one wanted to take it. Then, Shiva was there to take the poison and helped all of them . What does this mean ?

It means that in our life many beautiful as well as poison things will come our way then while keeping the beautiful thing we should also keep the poisonous things and we should not be afraid of doing that and deal with it. As Shiva saved the world by taking Ganga on his head and never lost his smile and helped the world by doing so . What does that mean?

When the god can take a burden on his head and keep smiling and save the people, we should also never be afraid of any tension or burden and keep smiling . We always think this is a story about a god which we listened from our elders, but we never tried to understand. There are many things we can learn from it . Shiva is om by saying om we release all burden from our head and relax all the three God come in om Bhrama, Vishnu and Shiva .

<u>In Asian art</u>

Shiva may be represented in slightly different ways depending on the particular culture .

He often has three horizontal stripes and a third vertical eye on his forehead.

He wears a headdress with a crescent moon and a skull necklace of heads, and snakes as bracelets In this guise, he usually represents Nataraja and dances the Tandava within a circle of fire which represents the never-ending cycle of time. He holds the divine fire (agni) which destroys the universe and the drum (damaru) which makes the first sounds of the creation.

Shiva may also be depicted standing on one leg with the right leg folded in front of the left knee and holding a rosary in his right hand, the typical posture of ascetic meditation.

Lord Shiva is no ordinary god. He is very mysterious and his ways can never be interpreted by the earthly norms and definitions. He performs multiple roles and wields a mighty power over the universe. He takes delight in occupying crematory grounds and his favorite dress code is animal skin with skull garlands. Though Lord Shiva is known better to most people as a ferocious god, he has another mysterious side too – he is known to spend long periods of time in deep meditation in the lofty Himalayas.

This absolute silence and stillness on one hand and the vibrant and ferocious exploits on the other hand, makes it very hard to understand His original nature is. Lord Shiva is also known by the name of "Nilakantha", which literally means the blue-throated. When Lord Shiva swallowed the most deadly poison to save the worlds, Goddess Parvati was taken aback and feared the safety of her Master. Therefore she rushed in to hold his neck before the poison could descend down further downwards. This incident made the Lord's neck turn blue and this is duly depicted in art and the representations of Lord Shiva's form in different mediums.

<u>Tanishk Sahni</u>

<u>शिवाय</u>

मैं हूँ तेरे लहू से जन्मा हुआ एक सितारा,
तेरे आवाहन से वो लव जले
जो उजागर कर दे एक नया उजाला।

जिसे ढूंढ़ने मैं निकला
अंजान, चंचल हृदय था मेरा।
जिस लव को मूर्ति में न पा सका
वह जब मिला तो चित चहक उठा मेरा।।

वह विधि का विधाता, विश्वनाथ है मेरा-
जिसके नेत्रों में है इस संसार बसेरा।
जिसके चरणों के लिए यह संसार भी छोटा लगता है,
जिसके उच्चारण मात्र से इस देह को मोक्ष मिलता है,
और उसी के क्रोध में विनाश का दर्पण दिखता है,
वह शांत है, सरल है,
योगेश्वर, भोलेनाथ है मेरा।।

रोशनी का दरिया है जो,
आज मेरे कलम में बसा है जो,
जिसके नृत्य में है अपार श्रद्धा

वह नित्यनर्तः, नटराज है मेरा।
जिसे नारी का सम्मान है
वह आदि, अर्धनारेश्वर है मेरा।।

मेरे हृदय के महाकोश में
बस इनका ही है बसेरा,
वह नीलकंठ, नागेश्वर है मेरा।
जिसकी वाणी से उदित है मंगल सवेरा,
वह परमपिता, परमेश्वर है मेरा
उसके चरणों में है प्रणाम बारम्बार है मेरा।।

<u>Vidhu Mishra</u>

<u>"भोले भंडारी"</u>

तू ही भोले तू ही भंडारी है,

तेरी महिमा से ही जग में ख़ुशहाली है।

हर आदि का तू ही अंत है,

भोले तू केवल आदि नही तू अनन्त है।

तेरे दरबार मे बदल जाती है ,तकदीरें ,

तेरी रहमत से बदल जाती है, हाथों की लकीरें।

लेते है जो मन से भोले का नाम,

बन जाते उनके बिगड़े काम।

तू ही भोले तू ही भंडारी ,

तेरी महिमा से ही जग में खुशहाली।।

"जय-जय महाकाल"

हाँथ से हाँथ जोड़ कर करूँ महाकाल को प्रणाम ,

महाकाल की महिमा अपरंपार।

सब कालों के है ये काल ,

देवों के देव महाकाल ।

संकट जब भी भक्तों पर आए,

बन जाये उनकी ढाल।

बुरी बलाओं से बचाकर कर दे बेड़ा पार,

बोलो जय-जय महाकाल।।

<u>Veer Bhanushali</u>

The door bell rang. It was you at the door.

Long dreadlocks, silver shining hat on head,
magical eyes which can hypnotise anyone,
kind & thoughtful face surrounded by positive
aroma all over, wide chest & muscular body, neck
entangled by snakes,
wearing attractive tiger like cloth which
was too unique to imagine, as soon as I can
understand anything I heard beans of Damru
generating a different wave of spiritual energy
along with shiny powerful trishul in another
hand.

Yes SHIVA, you were at my
door...

नसीब ने मारा, परेशानियो न जकड़ा
जब सबने छोडा तब उसने पकडा।
जब ना किस की आस थी तब उसकी परछाई साथ थी।
वोहि दिन है वोही रात है जीना मरना सब उसी के हाथ है ।
खुश हो तो वरदान से भरे क्रोधित हो जाए तो तांडव नृत्य करे।
यू तो है भोले, पर जब तीसरी आंख खोले तब पुरा संसार है
डोले ।
नशे भी इनके बडे है, भाँग, धतूरा और वीश पिकर भी अटल
खडे हैं।
समशान मे अपना घर बसाये, बस्मी से पूरा तन रमाये।
सब क मुख पर खुसी आजाए जब वो मधुर डमरू बजाये।
देवों के देव हैं, सब संकट के है ढाल,
अब और तारीफ क्या करू बस ऐसे हि है मेरे महाकाल।

घंटी बजी।आप दर पर थे।

लंबे ड्रेडलॉक, सिर पर चांदी की चमकदार टोपी, जादुई आँखें जो किसी को भी सम्मोहित कर दे, दयालु और विचारशील चेहरा, सकारात्मकता हर तरफ, गले मे काल लीपटाये हुऐ, चौड़ी छाती और मांसल शरीर, कपड़े जैसे आकर्षक बाघ पहने हुए जो अपने आप मे ही अविश्वसनीय था।

मै कुछ भी समझू इससे पेहले उन्होंने डम डम डमरू बजाया जिससे आध्यात्मिक ऊर्जा की एक अलग लहर पैदा होने लगी, दूसरे हाथ में चमकदार शक्तिशाली त्रिशूल।

वो मुस्कुराहट जो लबजो मे बयान नही हो सकती।

हाँ SHIVA, तुम मेरे दर पर थे।

Ayesha Shaikh

Anxiety

The crevices of my heart feel anguished
panic is what I felt
sweat formed on my face
dizziness engulfed my mind
and I cannot help the feeling that I get
when I think about the future untold
fear and distress engulfs my body
as I find myself in a dilemma
of overthinking every little detail

It isn't easy
to live with anxiety building up inside of you
I am drenched in sorrow
and misery is all that surrounds me

People don't know how I feel
they never ask
it seems as I've fooled them all
they cannot see past my mask
if they'd stay at 2 a.m with me
perhaps then I'd tell them the secrets that I keep,
and I learned to hold it all in,
as the saying goes, this too shall pass,
this feeling too shall pass,
this fear too shall pass.

<u>Riya Rashmi Dash</u>

ना आदि ना अंत है उसका

वो सबका ना ईनका न उनका

वहीं शुन्य हैं वहीं ईकाई जीसके भितर बसा शिवाय

आँख मुँझ के देखराहा है

वक्त के साथ वो खेलराहा हे

वहीं शुन्य हैं वहीं ईकाई जीसके भितर बसा शिवाय

जीवन उसका मरण भी उसका

हम इकके हैं उसके खेल का

वहीं शुन्य हैं वहीं ईकाई जीसके भितर बसा शिवाय||

******

शिव शँकर के जटाओं से नीकलता गँगा धार

शिव शँकर के गले मैं शोभित हैं नागराज

शिव शँकर के कमँडल मे है अमत्र्य धार

शिव शँकर ने किया ताँडव केहलाए नटराज

शिव शँकर से प्राप्त हुआ सुर ताल

उसकी लीला हैं अपरम्पार

जय माहाकाल जय भोलेनाथ||

मे आरम्भ हू,..मे ही अँत हू

मैं जीवन हू, मैं मरण हु

मैं अमृत हू, मैं विष हू

नीलकंठ हू मैं नारायण हू

मैं देव ही नहीं माहादेव हु

मैं काल अकाल ही नहीं मैं माहाकाल हु

जिनके रोम-रोम मैं शिव हैं वहीं विष पिया करते हैं

उन्हें दुनिया किया कहलाएगा वो तो अँगार से अपना श्रृंगार करते हैं

<u>Gowthami Pachila</u>

<u>Shiv!</u>

God of destruction,
God of acceptance,
God of moksha,
God of deities.

The arts were found in you,
Being Natarajan you made my feet tap for the music of veena you play.
Being saint you emerged out my peace for great vision.

Visionary with esoteric is you,
I pray for the subconscious stability,
And there found ashes of life,
Which is indeed you.

<u>Om namah shivaya!</u>

My prayers are all belong to you lord,
As the words come out of my vocal
It suppress my anxiety and my pain,
Also always stables my breath.

You're the pain taker,
You're the lone taker,
In the meantime you are the care taker,
Blessings are what you give,
Along that the sincerity towards the karma
You thought us.

Oh Lord Shiva!
You're the face of vision
Glow us with intelligence.
Oh Lord Shiva!
You're the face of peace
Fill our souls with some.

<u>Astha Yadav</u>

LORD SHIVA

Lord Shiva - the creator, the destroyer and the preserver of the
whole universe.
He loves his devotees,
Whether they are evil or good,
he blesses everyone.
He is both calm and furious.
Gentle with all his devotees
and all the creatures in the universe.
But terrible when someone hurts his
devotees or tries to destroy the beautiful universe created by him.
It is not necessary to shower flowers and milk over his sculpture.
Just serve the poor, weak or diseased people.
Shiva is more pleased with the people who help others without
expecting anything in return.

तू है

आदि तू है,
अन्त भी तू है,
पुण्य भी तू है,
पाप भी तू है,
सब भक्तों की
आस भी तू है,
भोला भी तू है,
नाथ भी तू है,
देवता हों या हों असुर,
सदैव सबके साथ तू है,
शिव भी तू है,
शक्ति तू है,
आदि अनंत
महाकाल तू है,
कण-कण में तू है,
हे शिवाय!
जन-जन में तू है,
यह धरती तेरी,
यह आसमां भी तेरा
हे भोलेनाथ!
सारा जहान है तेरा।

<u>हे शिवाय!</u>

भक्तों की रक्षा करने हेतु,
विष का प्याला भी पी जाते हो।
हे शिवाय! हे भोले-भण्डारी!
तुम कितनी जल्दी प्रसन्न हो जाते हो।
यह धरती, अम्बर सब है तुमसे,
तुम सबके कष्ट हर लेते हो।
किन्तु जब खोलो नेत्र तीसरा,
तो सृष्टि का ही अन्त कर देते हो।

<u>Vishnu Prasad Vishwakarma</u>

<u>है शिव अराधना</u>

नहीं जानता तेरी पूजा क्या है,
जहन में नाम तेरा है और दूजा क्या है।
तुम्ही अराध्य हो,हो तुम अराधना
क्या और करूँ अर्पित, अर्पित है साधना।

त्रिकाल दर्शी हो त्रिनेत्र धारी तुम,
आदि से परे हो तुम अनंत हो अनादि हो।
महेंद्र तुम महेश तुम,
भष्म मे रमे हुए हो साधना अशेष तुम।

सूक्ष्म हो विशाल हो काल के भी काल हो,
प्रबुद्ध तुम प्रचंड हो।
हो तुम्ही जगत नियन्ता ज्योत्स्ना अपार हो।
उमंग तुम मलंग हो।

अलंकृत भुजंग है धारित जटा मे गंग है।
पर्वत कैलाश वास गौरा जी संग हैं।
कष्ट निवारक शम्भु दुष्ट संहारक शिव जी,
कंठ में गरल लिए जय हो नीलकण्ठ की।

इमक-इमक की ताल है बदन मे सिंह खाल है,
है बादलों सी गर्जना पर हृदय विशाल है।
शिव शम्भु तेरा डमरू डम-डम
ॐ नमः शिवाय ॐ नमः शिवाय ॐ नमः शिवाय

<u>Kisu Raj</u>

महाकाल का भक्त हूं अंश मेरा नाम,
महाप्रभु की ओर बढ़ना इतना मेरा काम

भोले हैं भंडारी है,
अजय अमर और दिगंबर धारी...
विष पीकर कल्याण किया है,
नीलकंठ हुआ इनका नाम,
मृत्यु पर है विजय दिलाते,
भय को पल में दूर भगाते,
डम डम डम डम डमरू वाले,
भोले मेरे कैलाश वाले...
भांग धतूरा बेल का पत्ता,
अर्ध चंद्र को धारण करता...
जटा से जिनकी बहती गंगा,
गले में रहता जिनके नाग,
हर अनाथ के हैं यह नाथ,
कहलाते हैं यह केदारनाथ!

त्रिनेत्री है, है नटराजन,

तीनों लोकों के यही है स्वामी..

एकादश रुद्र हनुमान भी ये है,
ताडवों के भी ये स्वामी...

इनसे अंश का रिश्ता भी है खास,
हर पल रहता है मन में आस,
जो भी मिलता ,
आशीर्वाद से हो जाता हु खास...
वरना खुब सुनाता उनको बात!

जब जब इस जग में हुआ अकेला,
मिलता रहा मुझे उनका साथ,
दूर कहीं उस पार से,
सर पर पाया उनका हाथ,
ऐसे हैं मेरे भोलेनाथ!

Romharsh Yadav

ऐसा है मेरा भोला बाबा

मृत्यु को झुठला दे देवो का भला करें

बाँट अमृत देवो को स्वयं विष पिये

देवों का हमेशा सोचे और सोचे इस संसार का

भक्त हूं मैं भोले बाबा इक तेरे ही नाम का

कितना सुंदर दृश्य रहा होगा वो

जब निकली तुम्हारी बारात हो

एक ऐसा अद्भुत अनोखा विवाह

शामिल जिसमें भूत, पिशाच देव थे

थीं सबकी आंखों में खुशियाँ

गौरा माँ की आँखो मे सिर्फ महादेव थे

था भस्म से भरा ऋृंगार उनका,

भोले बाबा खुद नंदी पर सवार थे

गले मे थी सर्प की माला

माथे पर चांदनी की बहार थी

था जिनका आसन कैलाश पर्वत

अब उस पर्वत पर विराजमान मां गौरव भी थी

अनंत है इनकी काया जाने ना कोई जिंदगी माया

ऐसे अविरल अद्भुत भगवान का हूं मैं लाल

डरता है जिससे काल, और कोई नहीं है वह मेरे महाकाल||

गांजे में गंगा बसे चिलम में चारों धाम
कण-कण में शंकर बसे   नहीं से बड़ा कोई ना

मेरे महादेव को किया है लोगों ने यूं ही बदनाम
भंगेड़ी नशेड़ी के सारे लगे इल्जाम

जिस पर विष भी असर ना कर पाए
भांग धतूरा से कैसे हो सकता है नीलाम

माफी ही हल है जिसके पास   गलती का
भूखा है महादेव मेरा सिर्फ भक्ति का

भोला नाम का नहीं, सच मे भोला है महादेव मेरा
दुनिया से मतलब नहीं मुझे अब बस सहारा है तेरा

नहीं परवाह मुझे गर ये जहान छोड़ दे साथ मेरा
क्योंकि हर मोड़ पर मेरे साथ खड़ा है महादेव मेरा||

जय भोले नाथ||

Pardeep kumar Bogra

Traits of Humans

Ego, Jealousy, Lust, Greed, Conceit, Anger, Rage, Attachment/Fascination are traits of weak/impure of human souls.

We need to purify ourselves to reach close to supreme soul, almighty Shiva.

****

Satyam Shivam Sundaram

Satya + Om = Satyam
Shiv + Om = Shivam
Sunder + Om = Sundaram

Satya, Shiv, Sundar & Om are different identities. Satyam is an identity (body) controlled by powers of Satya & Om.

Satya Narayan is an identity(body) controlled by powers of Satya & Narayan.

Trinity

Satya, Shiv, Sundar

Satya - Chitragupt, Yamraj, Parshuram
Shiva - Brahma, Vishnu, Mahesh
Sundar - Hari, Narayan, Badri

Brahma - Mahavir, Ganesh, Narad
Vishnu - Kartikey, Vaman, Kaam / Indra
Mahesh - Nandi, Veerbhadra, Neelkanth

Hari - Om, Jai, Jagdish
Narayan - Swastik, Shubh, Labh
Badri - Trishul, Kamandal, Damru

Pole Star - Jupiter, Neptune, Uranus
Moon - (Sky), Mars, Mercury
Sun - Saturn, Venus, Pluto

Kedarnath - Omkareshwar, Vaidyanath, Triyambhkeshwar
Rameshwar - Somnath, Ghushmeshwar, Mallikarjun
Kashi Vishwanath - Mahakaal, Bhima Shankar, Nageshwar

Air (वायु), Water(जल), Fire (अग्नि)

(Disclaimer : Writeups are not completely taken from any
authorised religious text; these are based on dreams and
imagination)

<u>Rajat Saini</u>

<u>हाँ शिव हूँ मैं</u>

शिव भी मैं, त्रिनेत्र त्रिशूलधारी महाकाल भी मैं

तांडव प्रलयकारी भी मैं, नीलकंठ निराधारी भी मैं

सर्प श्रृंगारी भी मैं, नंदी सवारी भी मैं

वीभत्स-वीभोर भी मैं, समाधि मे लीन भी मैं

मृगछाल ओढ़ा वैरागी भी मैं, देवों मे महादेव भी मैं

घनघोर अँधेरा ओढ़ जनजीवन से दूर कैलाशधारी भी मैं

काल मे कपाल भी मैं, मूल सी चिंगाढ़ भी मैं

गंगजटाधारी भी मैं, भांग-धतुरा नशाहारी भी मैं

चण्डशिखर , रूद्र-रोष भी मैं, वीरभद्र विनाशकारी भी मैं

ज्ञानी और अज्ञानी भी मैं, भूत और वर्तमान भी मैं

सृजनकर्ता भी मैं, संहारकारी भी मैं

आदि भी मैं, अनादि भी मैं

काली सा क्रोध भी मैं, शक्ति सा तेज भी मैं

खुद से जन्मा खुद भी मैं, खुद का ही अवतार मैं

प्रचण्ड, प्रबल और रूद्र अभिसार भी मैं

कल भी मैं, काल भी मैं

अग्नि भी मैं, राख भी मैं

अर्थ मे भी मैं, अनर्थ मे भी मैं

भाग्य भी मैं, भग्यविधाता भी मैं

कमार्थ भी मैं, पुरुषार्थ भी मैं

साध्य भी मैं, आराध्य भी मैं

शमशानधारी भी मैं, मृत्युहारी भी मैं॥

BIO AND PICTURE

This is Ishani Agarwal. Born and brought up in Kolkata, she has done her schooling and college from here itself. She is doing her post graduation at the moment. Ishani loves talking to people around, and is excited for this new beginning of hers ! Been a Compiler for 10+ Anthologies, and in the process for more, also, Co-authored in 30+ Anthologies, Ishani is very Happy with how her life is turning out now!
Insta handle Ishani_agarwal_quotes

Mohit Birla.. By profession student from rayat group of institutions rupnagar Punjab.. Previous qualification mechanical diploma in rayat polytechnic college.. Believe in the leadership qualities.. And special thanks to the parents and mama g who always supported me.He is also a record holder,

मैं अतर्रा महाविद्यालय में हिंदी की प्रवक्ता हूँ। मेरा सम्पूर्ण जीवन प्रभु की सेवा के लिए है। मैं सारे कार्य उन्हीं की सेवा मानकर करती हूँ। हर रूप में हर रिश्ते में ईश्वर को ही देखती हूँ।

I m meera chauhan from Delhi. Intrested writing Hindi poems and love quotes

.मैं रूपशिखा शर्मा मुझे ये अपने हुनर को दिखाने का मौका अपनी छोटी बहन द्वारा प्राप्त हुआ है मुझे उसपर बहुत गर्व है । मुझे ये कौशल अपने पिता द्वारा विरासत में प्राप्त हुई है जिसको निखारने के मौका मुझे अब मिल रहा है।

मैं अंजली शर्मा मुझे लेखनी से बेहद स्नेह है , मैं गर्व का अनुभव कर रही जो अपनी प्रतिभा को निखारने के मुझे प्रतिदिन मौका मिल रहा।

Traits of Shiva

She belongs from gorakhpur uttar pradesh , love to write inner feelings .
AN ADVOCATE

मैं अनामिका मिश्रा झारखंड की निवासी हूँ। कलम से कुछ यूँ रिश्ता निभाना है,हर लेखनी में कलम की ताकत को बताना है। मेरी खुशी मेरी लेखनी, मेरी मुस्कान मेरी कलम।

जिंदगी लिखना सिखाती है, जब अपनों के असली चेहरे दिखती है।
वो केहते है ना तजुर्बे की उम्र नही होती, बस उसी की वजह से लिखते है। ना ही मैं कबीर हूं ना ही मैं रहीम हूं दीवानी हूं भोले की बस लफ्जों से अमीर हूं।
-निकीता देवरे (NIRJARA)
Insta :- @nikkita__deore05
Page:- @kuch_un_kahi_baate

Ummid karti hu meri kavitaye or quotes aap sabko pasand aaye. Or aap sab ka aadhirwad mujh pe bana rhe .

This is Shalini singh chauhan
Mere maa papa meri zindagi
Mere pehla akhiri pyar radhakrishna

लिखने की समृद्ध कला से निपुण हूँ। यह मेरी खुशकिस्मती है कि मैं अमृतसर, पंजाब में रहने वाली 16 वर्षीय छोटी सी लड़की हूँ। जिसे अपने भावों को कविताओं में पिरोना बहुत पसंद है।

I am divya syamala, from vizianagaram. I love to write stories naturally... and love to travel .

I am from Nawalgarh - Jhunjhunu- Rajasthan. S/o - Shriram Saini and Aarti Devi. Graduate and post graduate From polticital science. Love to write because it feels me satisfy. Love to listen music & stories. Devotee of MAHADEV. INSTAGRAM - : RAJAT.SAINI_N

मैं प्रियम्वदा मिश्रा, झारखण्ड की हूं। देवों के देव महादेव के बारे में लिखना,मेरे लेखन कार्य को सफल कर गया। शिव अनंत हैं, आदि हैं ,अनादि हैं। भोलेनाथ का वर्णन करना अर्थात् "गागर में सागर"भरना है। कवि के रूप में महादेव की महिमा का गुणगान करना मानों स्वंय "ईश्वर की ऊंगलियां थामी हो"बहुत ही अद्भुत और अलौकिक रहा। कल्याणकारी शिव के सौम्य और रौद्र दोनों स्वरूपों का काव्य वर्णन मंत्र-मुग्ध कर जाएगी।

Muskan Shah hails from Jharsuguda, a small town in Odisha. She is passionate to be a famous writer. She has been co-author of 10+ Anthologies and have compiled one Anthology till date and some of her Anthologies are still in process.

This is Ahshaas Hussain, a MA student in English of Gangadhar Meher University, Sambalpur. He is a Kathak Dancer, a National Level Swimmer, Classical Singer, a Survivor and a Teacher. He is an ardent lover of English Literature, Nature and Animals.

Optimistic boy who finds happiness in others smile, always looking to help and motivate others, who looks at positive outcome of any situation, joyful being who loves to cheer.

Traits of Shiva

मै आकाश मणि पटेल (शिल्पी) पुत्री तारा शंकर पटेल व सुनीता देवी उत्तर प्रदेश, गोरखपुर से हूँ | साहित्य न केवल मानव जीवन का वरन मेरे भी जीवन का अभिन्न अंग है | साहित्य वो माध्यम है जिससे हम अपने भावों और विचारों को व्यक्त कर सकते है | कविता साहित्य का वो अंग है जो कहीं ना कहीं हम सभी में समाहित है

Rahul pasumarthy Is a wandering soul. he find solace in wrapping words with unsaid feelings, putting them into a string connecting him to a world inside out. he believes words are the only super power we need. he is a moody writer and bookaholic. He believes in blood and revolution. His writings are inspired by deaths,hunger, poverty and other problems in the society. He sometimes paint his feelings on canvas, He is an artist by mood, & a writer by passion.
You can reach him by: _blood_and_revolution_

This is Ronak chavda, Pen name:- ब्यान-ए-इश्क़ .
Completed Diploma in fabrication technology,24 yrs old from Rajkot, Gujarat. He loves to dance, write and travel. Also a professional Dub Step Dancer (Choreographer).
He is a team worker and has a creative mind. As now a freelancer graphic designer.

Hailing from Sitapur, Uttar pradesh, I, Tanishk Sahni, enthrone in the depths of my heart a prodigious passion for poetry. I am in absolute love with the way words weave together and flow in the form of poems. Currently a student of Sciences at Kanpur, it is through my poems that I voice my deepest urges and communicate to the world what I think and feel of the things around and inside me.

मैं विधु मिश्रा, बैसवारा क्षेत्र "श्री महाप्राण निराला "जी की पावन भूमि के छोटे कस्बे बीघापुर की निवासी हूँ। मैं एक सहलेखिका हूँ, मुझे अपने विचारों को कलम के सहारे कागज पर उतारने का शौख है। इस महाशिवरात्रि के पावन अवसर पर मैं अपने कुछ को महाकाल पर समर्पित करना चाहती हूँ......... "हम तो महाकाल के दीवाने है, लिखते उनके अफ़साने है। हमारा कोई क्या बिगड़ेगा जनाब, हम तो महाकाल का हाँथ थामे है||

Hire Moti ki kimat jaan ni hai toh Johri ke pass jaao aur Rudraksh ki kimat jaan ni hai toh iss ShivBhakt k paas aao...

Ayesha Shaikh was born and brought up in the country of Pakistan. From her childhood to her youth, she had always been an ambitious person, an outstanding student and a humble human being who has contributed to various occasions, activities, meetings, and collaborations for the benefit of the society.

Myself Riya Rashmi Dash from Sambalpur odisha, a student of BBA in KIIT University, Bhubaneswar. Writing is my utmost passion and I believe my feelings are best expressed through words.

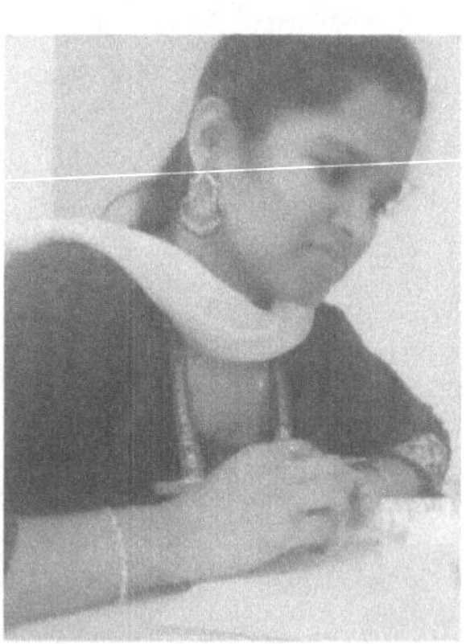

Being a software engineer with dream, also writes with passion. I find words play as long as they flow with pen and paper.

Astha Yadav is a content writer and she has participated in many anthologies as a co-author. Earlier, writing was not a cup of tea for her but later she gained interest in diary writing and now she pour her heart out on her Instagram page @red_rose431. Apart from writing, she loves sketching and painting too. She tries to complete her work to perfection.

I'am Kisu Raj, a boy from Jamshedpur , with full of feelings . Only with millions of dreams.An Entrepreneur, a student of literature, and a hardcore animal lover.Love travelling, music ,late night long drives.

Romharsh Yadav (Rom)To know more about me follow my insta page- @romharsh yadav. About me I can only say to make someone smile I can do whatever makes you happy without any hesitation and also the most laughing person of my group, I just try to laugh as much as louder so that makes positive atmosphere near me.

Pardeep Kumar Bogra, a software consultant and a spiritual seeker. Learning music these days, want to transform my life using this skill.

www.ingramcontent.com/pod-product-compliance
Lightning Source LLC
Chambersburg PA
CBHW031209160726
47992CB00006B/2651